UNE FILLE QUELCONQUE

Arthur Miller est né à New York en 1915. Il a fait ses études à l'université du Michigan, où il écrivit ses deux premières pièces en 1934. Il en sort en 1938 et rencontre un succès immédiat avec *Mort d'un commis voyageur* (1949), prix Pulitzer, *Les Sorcières de Salem* (1953), d'après Ibsen, *Vu du pont* (1955), *Après la chute* (1964), *The American Clock* (1980), *Danger, memory* (1987). Toutes ces pièces ont été jouées à Broadway. Il est aussi l'auteur d'un roman, *Focus* (1945). Quant à sa nouvelle *Les Misfits*, elle fut adaptée au cinéma et transformée en roman en 1961.

CW01509713

ARTHUR MILLER

Une fille quelconque

ROMAN TRADUIT DE L'AMÉRICAIN PAR ANDRÉ ZAVRIEW

GRASSET

Cet ouvrage a été publié pour la première fois aux Etats-Unis en 1992 par Peter Blum Books sous le titre : HOMELY GIRL. A LIFE, avec des illustrations de Louise Bourgeois, puis en Grande-Bretagne en 1995 par Methuen, Londres, sous le titre :

PLAIN GIRL

I

Janice eut une bizarre sensation de froid en se réveillant ce lundi matin. Au moment où elle émergea de son profond sommeil, il lui parut que le vent soufflait. Mais on était en juin, elle s'en souvint immédiatement, et hier il avait fait chaud dans Central Park. Ouvrant les yeux, elle les tourna comme d'habitude vers lui et vit l'étrange pâleur de son visage. Pourtant son sourire du sommeil, comme elle l'appelait, était bien là, et les coins relevés de sa bouche suggéraient comme toujours l'idée du bonheur. Mais, sur le matelas, son corps paraissait plus lourd ; elle comprit aussitôt, souleva sa main avec terreur et toucha sa joue : la fin d'une longue histoire. Sa première pensée fut une protestation, comme s'il y avait eu erreur. « Mais il n'a que soixante-huit ans ! »

De l'effroi, mais pas une larme, rien de visible. Rien que ce coup sur la nuque. La vie cognait dur.

« Ah ! » gémit-elle à haute voix, mains jointes et doigts appuyés contre ses lèvres. « Ah ! » Elle se pencha vers lui, et ses cheveux soyeux lui effleurèrent le visage. Mais il n'était plus là. « Ah, Charles ! » Une brève colère que la raison dissipa bientôt. Et de l'étonnement.

L'étonnement subsista. De penser qu'après tout la vie lui avait apporté quelque chose, lui avait donné cet homme, cet homme qui ne l'avait jamais vue. Étendu comme cela, il était impressionnant.

Si seulement elle avait pu lui parler une dernière fois, lui demander ou lui dire... quoi ? Ce qu'elle avait dans le cœur, son étonnement. Qu'il l'eût aimée sans l'avoir jamais vue pendant toutes ces années de leur vie commune. Toujours, en dépit de tout, il y avait eu en elle un désir instinctif de se placer dans sa ligne de vision, comme si, pour une fraction de seconde, ses yeux papillotants allaient sortir de leur éternel sommeil et l'entrevoir.

Et maintenant, qu'est-ce que je vais

faire ? Oh Charles, chéri, qu'est-ce que je vais faire désormais ?

Quelque chose restait inachevé. Mais, se dit-elle, je suppose que rien ne se termine jamais, sauf au cinéma, quand les lumières se rallument et que l'on se retrouve encore ébloui sur le trottoir.

De nouveau elle fit un geste pour le toucher, mais il n'était plus là, il n'était plus à elle, il n'était plus rien ; elle retira sa main et s'assit, la jambe pendante, sur le matelas.

Adolescente, elle ne supportait pas son visage mais savait qu'elle avait de la classe ; une fois par jour au moins elle se disait qu'avec cela, son corps bien fait, si ferme, et son cou de cygne, elle devait s'estimer satisfaite. Et puis il y avait, bien sûr, son ironie. Elle était snob, et voulait l'être. Quand elle marchait, elle savait imprimer à ses hanches un léger mouvement de rotation qui ne manquait pas d'esprit, mais elle ne se faisait pas d'illusions : cela ne pouvait faire oublier ses joues creuses, comme si une application d'alun avait serré et tendu sa peau, et son interminable lèvre supérieure. Elle ressemblait un peu à Disraeli, s'était-elle dit une fois, en tombant sur son portrait dans un livre de classe. Et puis elle avait un front trop haut (elle ne se passait aucune de ses imperfections). Elle s'était demandé s'il avait fallu l'étirer pour l'extraire du ventre de sa mère ou bien si celle-ci n'avait pas eu peur d'une girafe pendant sa grossesse. Dans les réceptions elle avait maintes fois observé la réaction de surprise des hommes, s'ils s'approchaient d'elle par-derrière, quand elle se retournait pour leur faire face. Mais elle avait appris : elle secouait sa soyeuse et lisse chevelure châtain et esquissait un fugitif et ironique sourire de défense, qui pardonnait silencieusement leur inévitable dérobade. Elle avait un charme tonique, ce qui suffisait presque — mais ne suffisait pas entièrement, depuis le jour de son enfance où sa mère avait brandi tout contre son visage une page publicitaire de *Cosmopolitan Ivory* et s'était exclamée avec la chaleur de l'amour : « Ça, c'est une beauté ! » comme si, à force de coller ses yeux dessus, Janice eût pu devenir semblable à une de ces filles. En cette occasion elle avait senti qu'elle recevait un blâme. Pourtant à quinze ans elle s'imaginait que, depuis ses chevilles jusqu'à ses seins, il émanait d'elle un charme voluptueux comparable, ou presque, à celui de Betty Grable. Et puis n'avait-elle pas un léger zézaiement provocant qui paraissait plaire aux hommes attirés par les bouches ? Elle avait seize ans quand sa tante Ida, revenue d'Égypte, lui avait dit : « Tu as un air égyptien, les femmes égyptiennes ont du tempérament. » Quand elle se souvenait de ce propos bizarre, même à soixante ans passés, après la mort de Charles, cela la faisait rire et la mettait de bonne humeur.

Nombre de ses souvenirs se rattachaient à ces matinées du dimanche qu'elle avait passées au lit, en écoutant avec plaisir les bruits étouffés de New York. « Il me venait à l'esprit, comme ça, à propos de rien, avait-elle murmuré un jour à l'oreille de Charles, que, pendant au moins une année après ma séparation d'avec Sam, j'étais terriblement gênée d'en parler. Et même après notre mariage à nous, chaque fois que je devais mentionner "mon premier mari", quelque chose se glaçait en moi. Comme s'il s'agissait d'un déshonneur ou d'une défaite. Quelle génération naïve nous étions ! »

Socialement, en un certain sens, Sam lui

était inférieur. C'était ce qui faisait en partie son attrait en ces années trente où naître dans une famille qui avait de l'argent inspirait de la honte et constituait comme une preuve de futilité. Les gens de son âge — la vingtaine — voulaient se distinguer en faisant le bien ; ils assistaient deux fois par semaine, dans des ateliers d'artistes du centre ville ou des salons de sympathisants de West End Avenue, à des réunions toujours urgentes : il s'agissait de réunir des fonds pour mettre sur pied le nouveau syndicat maritime ou financer des ambulances destinées aux républicains espagnols. Le fascisme suscitait en eux une indignation authentique : ils y voyaient un système de pensée fait pour leurs parents, et un viol de l'intelligence. Les jeunes, elle-même donc, se tournaient vers l'espérance socialiste dont les parents ne pouvaient s'empêcher de redouter la beauté subversive. D'ailleurs les parents de Janice étaient d'une sottise désespérante, c'étaient des Juifs qui se pavanaient sous leur nouveau nom, imposé à la fin du siècle dernier par un inspecteur irlandais des services d'immigration incapable de prononcer le nom d'origine russe de son arrière-grand-père. Ils s'appelaient donc Sessions.

Mais Sam, lui, s'appelait Fink. Ce qui enchantait Janice, qui voyait là une flèche décochée à son père. Depuis longtemps veuf, et très malade au moment de leur mariage — bien qu'on le consultât encore au téléphone à propos de certaines valeurs boursières sur lesquelles son jugement faisait autorité —, celui-ci était mourant lorsqu'il lut dans le journal qu'Hitler venait d'entrer à Vienne. « Mais il ne tiendra pas longtemps, avait-il raillé d'une voix affaiblie par son cancer de la gorge, les Allemands sont trop intelligents pour un tel idiot. » Janice, à ce moment-là, savait à quoi s'en tenir, elle savait qu'un monde était en train de finir et n'aurait pas été surprise de voir un soir des SS américains casqués dans Broadway. C'était déjà terrifiant de se promener à Yorkville, dans l'East Side, où les Allemands se regroupaient au coin des rues pour guetter les Juifs et faire l'éloge d'Hitler les soirs d'été. Elle n'avait pas un physique spécialement sémite, mais quand elle passait à côté d'hommes au cou de taureau sur la 86e Rue, elle ressentait l'épouvante de la proie traquée.

Son père était un homme élégant ; il avait une belle tête allongée, mais sa façon de penser appartenait au passé. Tout au moins c'était l'idée qu'elle se faisait de lui dans l'ivresse de son indépendance révolutionnaire nouvellement conquise. En caressant sa main froide dans les ténèbres de l'appartement de West End Avenue, elle se félicitait de sa chance, ou plutôt de son sens critique, auquel elle devait d'avoir tourné le dos à cette lourde argenterie européenne, à ces fauteuils rembourrés, à ces kilomètres de tapis orientaux, bref au poids accablant de leurs possessions et à la ridicule assurance dont elles avaient un jour témoigné. Peut-être n'était-elle pas belle, mais au moins il y avait en elle de la force et elle était libérée des illusions dont son père ne s'était jamais débarrassé. Cependant, maintenant qu'il était affaibli et que ses yeux restaient fermés presque tout le temps, elle pouvait s'avouer qu'elle partageait son orgueil ; comme lui elle prenait les choses à cœur et feignait l'indifférence, au contraire de sa mère qui affichait de façon tapageuse un intérêt qu'elle n'éprouvait pour rien. Mais bien entendu, pour son père l'injustice allait de soi, était aussi naturelle que l'existence des arbres, alors qu'elle-même en souffrait souvent comme d'un intolérable gâchis. Conventionnel en apparence, son père se lassait rapidement des gens dont il pouvait prévoir les réactions ; sa dérision secrète de la banalité avait créé un lien entre eux et avait nourri sa révolte contre sa mère. La veille de sa mort, il avait souri à sa fille et lui avait dit : « Ne te fais pas de souci, Janice, tu es bien assez jolie, tu t'en tireras, tu as du caractère. » Comme s'il était suffisant de s'en tirer.

La brève cérémonie du rabbin était sans doute calculée pour ces temps de banqueroute. Les gens rognaient même sur ces adieux funéraires de pure routine pour retourner à leurs soucis quotidiens. Après la prière, l'homme des pompes funèbres, qui ressemblait à H.L. Mencken[1] avec sa raie au milieu, fit jaillir ses manchettes amidonnées, ramassa la petite boîte cartonnée remplie de cendres et la tendit à son frère, le gros Herman, qui dans sa surprise la regarda comme si le tic-tac d'une bombe s'y faisait entendre. Puis ils sortirent dans

---

1. Critique américain (1880-1956), directeur de la revue *The American Mercury*. (*N.d.T.*)

la rue ensoleillée et chaude et marchèrent ensemble en direction du centre. L'épouse d'Herman, la boulotte Edna, se laissait régulièrement distancer pour regarder les vitrines de chausseurs, au reste rares parmi tous ces blocs désertés de Broadway. La moitié de New York semblait à louer. Des panneaux accrochés en permanence sur presque tous les immeubles annonçaient que des appartements étaient vides. Herman laissait retomber ses pieds comme un phoque et aspirait l'air bruyamment. « Regarde, tout le pâté de maisons ! dit-il en faisant un geste large de la main.

— L'immobilier ne m'intéresse pas en ce moment, répondit Janice.

— Oh ! cela ne t'intéresse pas ? Peut-être que manger t'intéresse ? Parce que c'est dans l'immobilier que papa a mis un bon tas de ton argent, mon petit. » Ils s'assirent dans la pénombre d'un bar irlandais de la 84e Rue en face de Broadway. Un ventilateur électrique leur soufflait dans le visage. « Tu es au courant ? Paraît que Roosevelt a la vérole.

— S'il te plaît, laisse-moi boire mon verre ! » Bravant le rituel et la superstition capitaliste, elle portait une jupe beige, un chemisier de soie blanche et brillante, et des chaussures marron à hauts talons. Sam était absent : il avait dû aller à Syracuse pour participer à la vente aux enchères d'une importante bibliothèque. « Tu dois être le dernier Juif républicain à New York », dit-elle.

La respiration sifflante, Herman, l'esprit ailleurs, déplaçait sur le comptoir la petite boîte comme si c'était la dernière pièce dans une partie d'échecs perdue ; il l'avançait de quelques centimètres, puis la reculait d'autant. Il sirotait sa bière en parlant d'Hitler, de l'intolérable chaleur de l'été, et de l'immobilier.

« Ces réfugiés qui débarquent sont en train d'acheter tout Amsterdam Avenue.

— Et alors ?

— On nous répète partout qu'on les opprime.

— Tu voudrais qu'on les opprime davantage ? Tu ne comprends donc rien ? Maintenant que Franco est victorieux, Hitler va attaquer la Russie et il y aura une guerre monstrueuse. Et toi, tu n'as que l'immobilier en tête !

— Et alors, qu'il attaque la Russie !

— J'en ai assez ! Je rentre chez moi. »

Elle sentait le dégoût monter en elle. L'œil sur la petite boîte, elle avala en vitesse son second martini. Comme c'était bizarre de penser qu'un homme pouvait tenir dans ce carton de 10 cm sur 18, à peine assez grand pour y mettre quelques muffins !

« Si tu voulais bien t'associer avec moi, nous pourrions ramasser des immeubles pour trois fois rien. La Crise ne durera pas éternellement, et nous nous ferions un joli paquet un de ces jours.

— Toi, tu sais choisir ton moment pour parler d'affaires ! » Herman était aussi âpre au gain que papa, mais, avec son visage poupin, il n'avait rien de son charme. Se laissant glisser de son tabouret, Janice, un sourire irrité sur les lèvres, donna un coup de sac sur la tête de son frère en guise d'avertissement, embrassa la joue potelée d'Edna, et sortit en faisant résonner ses talons ; derrière elle Herman protestait qu'il avait bien le droit de s'intéresser à l'immobilier.

Son taxi avait déjà fait la moitié du chemin quand elle se souvint qu'à un certain moment de leur conversation son frère lui avait offert les cendres de leur père. Avait-il songé à les reprendre sur le comptoir ?

Elle lui téléphona. Scandalisé, il glapit :
« Tu veux dire que tu les as perdues ! » Elle
raccrocha, épouvantée. Elle avait laissé
papa sur le comptoir. Elle se sentait les
jambes molles ; sa peur superstitieuse la
surprit. Son rejet athée de la religion s'était
évanoui et elle dut se raisonner pour
reprendre ses esprits. Après tout, se dit-elle,
qu'est-ce que le corps ? Ce qui compte, c'est
l'idée que l'on a d'une personne, et celle de
papa est dans mon cœur. Elle se fit couler
un bain ; de nouveau elle approchait de la
transcendance grâce aux brumes de martini qui flottaient encore autour d'elle,
quand elle entrevit son visage inchangé
dans la glace embuée : de nouveau, le corps
comptait. Pourtant, au même instant, il ne
comptait pas. Elle essaya de se souvenir
d'un philosophe qui aurait pu réconcilier
les deux vérités, mais l'effort l'épuisa. Puis
se rendant compte qu'elle avait pris un bain
quelques heures plus tôt, elle ferma le robi-
net et commença à se rhabiller.

Elle s'aperçut qu'elle se hâtait, elle comprit qu'elle devait absolument récupérer les
cendres. Elle avait fait une chose horrible
en les abandonnant là-bas, une sorte de
péché. Un instant son père fut de nouveau

présent : il avait un regard triste et la réprimandait. Mais en même temps il y avait de l'humour dans ce regard, avec une nuance vague de mauvais goût.

Le barman, un type mince aux longs bras, n'avait aucun souvenir de la boîte. Il demanda si son contenu avait de la valeur. Janice répondit : « Heu ! non. » Soudain, sa faute la frappa tel un coup de bélier. « Mon père. Ses cendres.

— Doux Jésus ! » Les yeux de l'homme s'ouvrirent tout grands devant ce sinistre présage. Cette flambée d'émotion la bouleversa et elle fondit en larmes. C'était la première fois qu'elle pleurait et elle lui en fut reconnaissante, mais elle avait honte aussi qu'il eût l'air de se soucier de son père plus qu'elle-même. Il lui toucha légèrement le dos et la conduisit vers de lugubres toilettes pour dames. Elle regarda autour d'elle, mais ne vit rien. Inodore son père, comme de la vaseline... une fraction de seconde elle se demanda si tout ceci n'était pas un rêve. Ses yeux tombèrent sur la lunette. Mon Dieu ! si l'on avait tiré la chasse d'eau sur papa ! Elle revint au bar et effleura le gros bras tatoué de l'homme. « Cela n'a pas d'importance », lui assura-t-elle. Il voulut lui offrir une consommation, elle prit un martini et ils parlèrent des différentes sortes de mort, des morts soudaines et des morts lentes, celles des très jeunes et celles des vieux. Elle avait les yeux rouges. Deux employés du gaz étaient au comptoir et, tout en restant à distance respectueuse, écoutaient avec une solennité pesante. Au milieu d'hommes inconnus elle s'était toujours sentie plus détendue qu'avec des femmes qu'elle ne connaissait pas. Le barman fit le tour du comptoir pour la raccompagner jusqu'à la porte ; sans avoir pris le temps de réfléchir elle l'embrassa sur la joue. « Merci », lui dit-elle. Sam, songea-t-elle, ne lui avait pas fait vraiment la cour, elle s'était plus ou moins donnée à lui. Elle descendit Broadway en pensant avec colère et regret à leur mariage, mais avant d'être parvenue au coin de la rue elle l'aimait de nouveau, ou, à tout le moins, éprouvait de nouveau pour lui de la compassion.

Ainsi donc papa était parti. Après quelques pâtés de maisons elle ressentit un certain soulagement, le sentiment du deuil était en elle, cette illusion d'un lien avec le passé. Mais n'était-il pas curieux que son émotion eût été probablement provoquée par un catholique irlandais de droite, partisan de Franco et qui ne devait pas supporter les Juifs ? Dans cette marée de sentiments rien n'était clair. D'une certaine manière l'émotion authentique du barman, qu'elle avait prise en pleine figure, jetait une lueur — elle comprenait qu'il lui fallait vraiment cesser d'espérer devenir une autre ; à jamais elle serait Janice. Idée stimulante ! Si elle la suivait, cette idée la conduirait peut-être sur un terrain solide. C'était comme la Crise — tout le monde attendait le moment où elle s'éloignerait, et, dans l'intervalle, les gens oubliaient de vivre. Et si elle durait éternellement ? Elle devait commencer à vivre. Et Sam devait cesser de ne penser qu'au fascisme, à l'organisation des syndicats et à la suite du programme rebattu et fastidieux des activistes radicaux... Mais elle ne devait pas se laisser aller à ces réflexions, se dit-elle avec un sentiment de culpabilité.

Se souvenant de la toute récente libération apportée par son état d'orpheline, Janice sourit. Elle descendit Broadway et, au bout de quelques minutes, trouva amusant de penser que Dave Sessions, si cérémonieux, si coquet, avait pu être oublié dans une boîte sur un comptoir — elle l'imaginait enfermé dans sa prison, minuscule, indigné, le visage cramoisi, frappant à coups redoublés sur le couvercle pour qu'on le délivre. Une étrange pensée la frappa : que le corps était une abstraction, plus que l'âme, laquelle ne disparaissait jamais.

Sam Fink avait un sourire chaleureux, et un nez osseux, busqué, qu'il lui avait fallu des années, disait-il, pour apprendre à aimer. Il avait presque la même taille que Janice, un mètre soixante-quinze, et, quand elle se tenait debout en face de lui, elle se souvenait parfois de l'avertissement que sa mère lui répétait méchamment : « N'épouse jamais un bel homme. » Ces mots, Janice les avait interprétés comme une pointe à peine dissimulée visant non seulement la vanité de son séduisant père, mais aussi son propre physique. Sam, il est vrai, manquait de prestance, mais il avait une beauté différente, associée à sa vision désintéressée de la société et à son dévouement absolu à l'égard de sa femme. L'engagement communiste de Sam rapprochait Janice de l'avenir et l'arrachait à la fatalité dont elle était menacée, la trivialité, l'obsession bourgeoise de la prospérité matérielle.

Il lui était pourtant pénible de se trouver dans un musée avec lui — elle s'était spécialisée en histoire de l'art à Hunter College — et de ne l'entendre parler que de la conversion de Picasso au parti, des codes antimonarchiques secrets dissimulés dans les tableaux de Titien ou des métaphores de la lutte des classes dans la peinture de Rembrandt. « Ils n'en sont pas nécessairement conscients, mais les vrais grands artistes ont toujours été en lutte contre les classes dirigeantes.

— Mais, chéri, cela n'a rien à voir avec la peinture. »

Alors, avec le sourire de supériorité bienveillante d'un professeur qui s'adresse à un enfant, et aussi avec l'amorce d'une certaine violence dans le regard, il disait : « Excepté que cela a tout à voir avec la peinture. Leurs convictions sont précisément ce qui les met au-dessus des autres peintres. Tu dois apprendre ceci : les convictions comptent. »

Si la foi pleine d'abnégation de son mari la rudoyait parfois, elle la rassurait aussi sur elle-même. Quand ils se promenaient bras dessus bras dessous, elle se disait que la plupart des gens ne se mariaient pas sous l'empire de la passion, mais pour trouver en l'autre une justification à leur existence. Pourquoi pas ? Elle regardait le nez puissant de Sam, sa tête presque chauve et se sentait revigorée par sa noblesse morale, rassurée par son militantisme. Mais il ne lui était pas toujours possible d'écarter la vision d'un vide autour d'eux, une sorte d'espace ténébreux où un jour, soudain, pouvait s'introduire quelque chose d'horrible.

Ce qui l'aidait à apaiser ses anxiétés, c'était la stupéfiante connaissance qu'il avait des livres. La classe de Sam lui venait du nombre immense de livres qu'il s'enorgueillissait de connaître, comme il connaissait les dates jalonnant la vie de leurs auteurs, les lieux où ils avaient vécu, en Angleterre ou en Amérique, car ses clients collectionneurs s'intéressaient surtout aux écrivains anglais ou américains. Il était un des rares marchands de livres qui lisent ce qu'ils vendent, et pouvait, en moins de rien, vous citer les noms de gens faisant autorité dans plusieurs centaines de domaines allant du jeu d'échecs à la Chine, comme il le lançait d'un ton irrité à la tête de ses clients impressionnés, lesquels lui pardonnaient son arrogance en raison de son savoir encyclopédique. Sam connaissait aussi l'emplacement de douzaines de vieilles demeures dans l'État de New York, le Connecticut, le Massachusetts ou le New Jersey, où de vieilles familles en voie d'extinction détenaient d'importantes bibliothèques dont la liquidation aurait lieu à la mort d'un dernier oncle, d'une dernière tante ou d'un serviteur ultime légataire. Deux fois par mois environ il partait dans la campagne au volant de sa Nash verte, à la suspension plutôt raide, et revenait le lendemain ou le surlendemain avec, dans son coffre et sur la banquette arrière, des collections complètes de Dickens, Thackeray, Melville, Hawthorne, Shakespeare et des brassées de recueils divers grignotés par les souris, *Recueil des écrits sur la matrice* de 1868, *Manuel des émaux de la Chine* de 1905, *Mélodies irlandaises* de 1884, *Annales d'ophtalmologie,* ou *de chirurgie du larynx.* Janice s'installait avec lui sur le plancher de leur sombre salon de la 32e Rue Est et imaginait la vie silencieuse et cloîtrée de familles vivant dans quelque demeure de Monroe County, à l'intimité desquelles Sam avait arraché les livres qui s'étalaient là, ces livres qui un jour lointain y avaient apporté les nouvelles d'un monde qui existait au-delà de la grande allée aux frondaisons de lilas. Sam, de son côté, enregistrait avec fièvre sur un cahier d'écolier la date de publication de chaque volume, son état de conservation, et toutes les indications pertinentes que ses clients éventuels souhaiteraient connaître. Son amour évident pour les livres et pour son travail réveillait l'amour qu'elle avait pour lui. Il aimait aussi le contenu de ces ouvrages. Il choisissait des passages, dans Trollope de préférence, ou Henry James, Virginia Woolf, ou encore Louis Aragon le communiste, ou le jeune Richard Wright, et lui en donnait lecture avec l'autosatisfaction possessive d'un auteur. Il était aussi snob qu'elle, mais, lui, refusait de l'admettre. Assise en tailleur sur le tapis oriental, elle lui trouvait l'air de spiritualité détachée d'un moine malicieux, tonsure comprise. Et puis il y avait quelque chose de monastique dans son affectation à ne pas remarquer, tandis qu'elle se renversait en arrière, les coudes au sol, et repliait une jambe sous elle, la jupe remontée à mi-cuisse, qu'elle ne demandait qu'à être prise là sur le plancher. Elle le voyait rougir, s'empresser de commenter une des nouvelles du jour, et en éprouvait une sorte de désespoir.

Pourtant, compte tenu de la façon dont les soi-disant démocraties flirtaient avec les régimes fascistes, elle ne pouvait raisonnablement pas lui demander de faire passer la lubricité de sa femme avant les préoccupations sérieuses de l'époque.

Deux soirs par semaine il la laissait seule pour aller à ses réunions de cellule ; elle faisait alors une longue promenade à travers les quartiers morts de l'Est jusqu'à la 6e Avenue avec ses taudis et ses bars irlandais poussiéreux et en revenait fatiguée pour écouter des disques de Benny Goodman et fumer de trop nombreuses Chesterfield qui la rendaient nerveuse ; elle avait envie de tout casser. Quand Sam rentrait et lui expliquait les dernières déclarations de Staline annonçant qu'un avenir socialiste rayonnant s'avançait vers eux aussi inexorablement que les vagues de l'océan, Janice se trouvait presque submergée par sa propre ingratitude. Seule l'apaisait la vision de la justice dont Sam assurait la défense, avec l'armée anonyme de ses camarades dispersés dans tous les pays du monde.

Un autre dimanche matin qu'elle était au lit avec Charles et que, comme toujours, elle s'interrogeait sur elle-même, elle lui dit : « Je ne sais pas ce qui m'a pris ce jour-là. C'était quatre ans après notre mariage. D'habitude en sortant du cinéma — la salle d'Irving Place où l'on donnait des films français ou russes — nous rentrions à la maison et nous nous couchions. Cette fois-ci je décidai de me faire un martini[1], puis je m'étendis sur le canapé et j'écoutai des disques. Tu sais : *Un train* de Benny Goodman, ou des trucs de Billie Holiday ou de Leadbetter, ou peut-être encore Woody Guthrie, dont on commençait à parler à ce moment. Au bout de vingt minutes Sam sortit de la chambre en pyjama. Il était timide, mais ce n'était pas un lâche ; il se tenait là, le malheureux, avec un sourire tendu, appuyé contre le chambranle de la porte de notre chambre à coucher, un air à la Humphrey Bogart, et il m'a dit : "C'est l'heure de dormir."

« Et alors de ma bouche sont tombés ces mots : "Merde pour l'avenir." »

Les yeux de Charles papillotèrent et, pressant de sa main l'intérieur des cuisses de Janice, il rit avec elle.

« Sam rit, mais il rougit — tu comprends,

1. Le martini américain est un mélange à base de vermouth. *(N.d.T.)*

à cause du mot que j'avais employé. Et il dit : "Qu'est-ce tu veux dire ?

— Rien d'autre que Merde pour l'avenir." » Elle entendait encore les notes grêles de son propre gloussement et n'oublierait jamais la sensation de descente en chute libre qu'elle avait ressentie au fond de sa poitrine.

« Mais cela doit avoir un sens.

— Cela veut dire que quelque chose doit se produire maintenant, quelque chose d'intéressant, et qui mérite notre attention. Et maintenant veut dire maintenant.

— Maintenant veut toujours dire maintenant. » Sam souriait pour lutter contre son malaise.

« Non, en général cela veut dire bientôt ou un jour. Mais cette fois-ci cela veut dire ce soir même. »

Furieux, Sam avait rougi plus fort, la tache cramoisie gagnant son grand front. Elle avait ouvert le casier à bouteilles de chêne foncé, s'était fait un second martini et, riant comme si la plaisanterie ne concernait qu'elle, elle s'était mise au lit et avait bu le verre jusqu'à la dernière goutte. Sentant qu'il n'était pas dans la course, Sam ne pouvait que continuer à afficher héroïquement son beau sourire d'idéaliste, et, le coude appuyé contre l'oreiller, essayer au maximum de rester en prise avec l'esprit tourbillonnant de son épouse.

« Écoute, Sam. Après la mort de maman, papa et moi, nous avons passé un mois au Portugal dans une villa au bord de la plage. Souvent il m'arrivait de regarder notre brave paysanne de cuisinière marcher à notre rencontre à travers les dunes avec un panier où il y avait des légumes frais et un saumon que je devais examiner avant qu'elle le fasse cuire pour nous. Elle peinait dans le sable pour me rejoindre et il n'y avait rien d'autre à voir que le poisson encore humide de la mer.

— Et alors ?

— Rien. C'est tout. On attend, on attend, on regarde ce qui s'approche et finalement, il s'agit d'un poisson sorti de l'eau. » Janice avait ri, tellement ri, au bord de l'hystérie, puis elle avait effleuré le poignet de Sam de ses lèvres, et elle s'était endormie à côté de lui avec un demi-sourire mal assuré de victoire.

Le doigt de Janice frotta légèrement le nez de Charles. « Ces histoires de gauche ont-elles un sens pour toi ?

— Dans les années trente j'étudiais la musique.

— C'est merveilleux ! n'étudier que la musique.

— À t'entendre, on a l'impression que tu as gaspillé ton temps. Tu le crois vraiment ?

— Je ne sais pas. Quand je pense aux écrivains qui nous paraissaient alors si importants, et dont plus personne ne connaît le nom... Je parle de ceux qui militaient. Toute cette littérature a été balayée. Il n'en reste rien.

— C'était une mode. Et, en général, les modes se défont et disparaissent.

— Qu'est-ce que tu essaies de me dire en ce moment ? lui demanda-t-elle en lui embrassant le lobe de l'oreille.

— Tu sembles éprouver le besoin de te moquer de ce que tu étais à cette époque. À mon avis, tu ne devrais pas. Le passé est parfois embarrassant, pour qui a un tant soit peu de sensibilité.

— Ce n'est pas vrai pour toi, en tout cas.

— Que si. Il y a eu des tas de moments.

— Dont tu as honte aujourd'hui ? »

Il fit signe que oui. Elle sentit qu'elle rougissait pour lui et n'insista pas. Elle ne voulait aucune tache sur sa noblesse d'âme. Un jour il lui expliquerait peut-être ce qu'il voulait dire. De fait elle savait très peu de chose de sa vie. « Les gauchistes se croient attachés à la vérité, mais ce qu'il leur faut vraiment, ce sont de nobles figures qu'ils puissent admirer.

— Ce n'est pas le cas des seuls gauchistes, Janice. Les gens ont besoin de croire au bien. » Quand il était excité, comme maintenant, les paupières de Charles battaient plus vite, pareilles à des ailes d'oiseau. « Le plus souvent ils sont déçus, mais ils gardent tous certaines convictions et une dose de naïveté. Même les plus cyniques. Et les souvenirs attachés à notre naïveté nous sont toujours pénibles. Et puis après ? Préférerais-tu n'avoir aucune conviction ? »

Elle colla son visage contre le corps de Charles. Il l'acceptait telle quelle, en bloc, comme la marée qui recouvre, emporte tout.

L'un de ses pires souvenirs était celui du jour où, à la radio, avait éclaté la nouvelle stupéfiante que Staline avait signé un pacte de non-agression avec Hitler. Staline avait toujours été un rempart contre les nazis et leur haine de l'intelligence aussi bien que contre les snobs corrompus de la haute en

France et en Angleterre, qui souhaitaient secrètement l'installation du fascisme dans leurs propres pays. Avec le Pacte, c'était un nouveau déluge de folie qui menaçait bien des esprits en ville et dans le monde.

« Comment est-ce possible ? » avait-elle demandé à Fink. Ils se trouvaient chez Barclay, un restaurant de la 8e Rue, où l'on payait quatre-vingt-dix cents le dîner au lieu de soixante-cinq au restaurant d'à côté, l'University Inn. Le Village était sous le choc, on cherchait à deviner les intentions de Staline et l'on s'efforçait de tenir bon sur les soviets. Pour Janice, le fait que Staline eût touché la main d'Hitler, c'était comme si Dieu copulait, mangeait ou pétait. L'Union soviétique avait été la sublime anti-thèse de West End Avenue, des tapis, de l'argenterie, et de la vie futile et sans âme de la bourgeoisie.

Fink avait tapoté son nez en clignant de l'œil avec un sourire avisé, jeu de physiono-mie destiné à cacher son embarras : « Ne t'en fais pas, Staline sait ce qu'il fait. Il ne va pas aider Hitler, il ne fournira jamais d'approvisionnements à l'Allemagne.

— Mais n'est-ce pas de cela qu'il est question ?

— Non. Il se refuse seulement à tirer les marrons du feu pour les Anglais et les Français. Il y a cinq ans qu'il les conjure de signer un pacte contre Hitler et ils n'ont cessé de tergiverser, dans l'espoir qu'Hitler attaquerait la Russie. Eh bien, il a retourné la situation. »

Janice avait regardé autour d'elle dans la salle. La plupart des dîneurs avaient moins de trente ans, quelques-uns étaient d'âge moyen. Dans le passé, souvent le patron ou un client de leur connaissance s'arrêtait à leur table pour demander à Sam de commenter un événement politique ; les certitudes de Sam rassuraient les gens. Ces derniers temps, personne ne faisait plus halte près d'eux. Quand ils sortirent, le patron de loin leur fit signe, sans chaleur. — Personne, songea-t-elle, ne sait plus quoi penser et nul ne croit que Sam en sache davantage.

Cela avait duré un an et demi, une période épuisante, un désert, et pendant cet intervalle elle avait vu Sam faire tous ses efforts pour justifier le Pacte devant elle et leurs amis. Quand il ne fut plus possible de nier que les Russes expédiaient leur blé et leur pétrole à une Allemagne qui envahissait la France, un ressort s'était brisé en elle —

elle avait sous les yeux cette chose morte. Son cerveau entraîné à chercher systématiquement des raisons d'espérer sombrait dans une sorte de cynisme ; finalement elle avait mis de côté toute l'affaire dans une zone mentale qu'elle avait baptisée, en toute lucidité, la « zone interdite » — son volume s'accroissait de jour en jour.

Le pire, c'était le doute qu'elle nourrissait sur l'ascendant intellectuel de Sam. Il n'était pas plus cynique qu'elle, mais quel autre qualificatif donner à sa façon de fermer les yeux devant les faits ? Leurs vieux amis s'éloignaient, les espoirs en l'Union soviétique s'effondraient. « Franchement, j'ai très souvent honte de dire que je ne suis pas anti-soviétique, avait-elle osé déclarer un soir à dîner.

— Les soldats de l'été et les patriotes du grand soleil... avait-il commencé sur un ton de raillerie.

— Mais, Sam, ils aident Hitler.

— L'histoire n'est pas terminée. »

Vingt-cinq ans plus tard elle repenserait à cette conversation et se rendrait compte que ce jour-là elle avait pris conscience de l'érosion de son respect pour l'autorité intellectuelle et morale de Sam. Comme il était étrange qu'un pacte conclu à dix mille kilomètres de chez eux en fût la cause !

« Mais est-ce que nous ne devrions pas protester ? Est-ce que tu ne devrais pas le faire ? » avait-elle demandé.

À ce moment, au lieu de répondre, sa bouche avait esquissé un sourire qu'elle avait trouvé suffisant, et il avait secoué la tête d'un air apitoyé. Alors s'était produite la première poussée de haine à son égard, la première brûlure d'un outrage. Mais, naturellement, Janice avait tenu bon, comme cela se faisait à l'époque. Elle avait même fait semblant de croire — et elle s'en était convaincue elle-même — qu'il venait de lui donner une de ses précieuses leçons de prescience politique.

Ce n'était pas entièrement de la comédie ; elle savait que la situation constituait un véritable défi pour ce qu'il y avait de meilleur en Sam, sa fidélité, sa noble loyauté, et elle devait respecter ces qualités, ne fût-ce que parce que c'était en elles qu'elle puisait son assurance. Elle se sentait paralysée. Comment pouvait-elle condamner ce qui prenait origine dans sa grandeur d'âme, même si elle savait que celle-ci jouait en faveur du mal ? Elle avait l'impression qu'elle pourrait l'aimer follement si seulement il consentait à avouer que ce dilemme le faisait souffrir, comme elle en avait la conviction.

« Je ne vois pas où est le dilemme, dit-il quand elle suggéra qu'il y en avait peut-être un. Staline serre la main du Diable pour sauver son pays, et ce n'est pas un mal. »

Cette nuit-là ils étaient en froid, quand ils se mirent au lit. Les vents de l'univers leur balayaient le visage. « Il faut clore ce chapitre, pensa-t-elle. Peut-être tout va-t-il changer ? »

Si seulement il avait pu reconnaître à quel point il était blessé ! Curieusement elle sentait le besoin de le soigner, d'être aimée, le besoin de faire l'amour. Mais il avait l'air de dormir paisiblement. Il fallait tourner la page. Elle ferma les yeux et invita Cary Grant à se pencher sur elle et à prononcer quelques mots ironiques tout en défaisant son invraisemblable nœud papillon et se déshabillant.

Un mariage pourtant tenait peut-être mieux quand on était deux à mentir, se dit-elle. Jusqu'alors elle avait été seule à se sentir étrangère dans le couple, maintenant Sam aussi devait percevoir ce qu'il y avait d'artificiel dans leur union. Mais, parfait dans son déni, il dormait.

Un an et demi plus tard, quand Hitler eut finalement rompu le pacte et attaqué la Russie, le climat du Village se détendit. Tout était pour le mieux dès lors que le fascisme redevenait l'ennemi. Les Russes étaient des héros et Janice se sentit de nouveau soudée à l'Amérique, maintenant qu'elle n'avait plus à souffrir la terrible honte d'une alliance avec Hitler.

Une semaine après Pearl Harbor, Sam Fink se présenta au bureau de recrutement de la marine, 90 Church Street, mais son nom et aussi son nez ne convenaient pas précisément à un futur officier des forces navales américaines — le sourire amusé sur le visage du blond lieutenant de vaisseau qui faisait passer la visite ne pouvait pas lui échapper, pas plus que l'ironie d'un tel sourire alors qu'il partait en guerre contre le fascisme. En conséquence Sam s'engagea dans l'armée de terre, dont l'esprit était plus démocratique. L'affront qu'il venait de subir était déplaisant, mais n'avait rien de surprenant en régime capitaliste, surtout si l'on se souvenait que depuis des années de nombreux Juifs avaient dû s'inscrire dans les facultés de médecine anglaises ou écossaises à cause du numerus clausus en vigueur dans les institutions américaines. Sam partit donc à l'entraînement dans le Kentucky, puis fut envoyé à l'école d'officiers de Fort Sill dans l'Oklahoma, tandis que Janice mijotait dans l'atmosphère torride d'un bungalow meublé proche de la base. La guerre, disait-on, pouvait durer huit ou dix ans. Mais si elle pensait aux bombardements de Londres ou au calvaire de la Yougoslavie, elle n'avait pas à se plaindre. Elle luttait de toutes ses forces contre la solitude et avait appris seule à taper à la machine et à prendre en sténo — dans l'éventualité où elle obtiendrait un travail de rédactrice dans les bureaux d'une revue ou d'une maison d'édition, où les hommes se faisaient rares à cause de la guerre.

Elle avait maintenant vingt-huit ans et, les nuits où elle dormait mal, son visage morose — le visage, avait-elle décidé, d'un petit cheval bien soigné — la faisait presque pleurer. À ces moments-là elle prenait un carnet et essayait de noter ce qu'elle ressentait. « Ce n'est pas que je me trouve totalement dépourvue d'attrait, je sais que ce n'est pas vrai. Mais je sens que, pour une raison ou une autre, tout s'oppose à ce qu'il m'arrive jamais un événement miraculeux. »

Maintenant que son amour pour Sam faiblissait, le temps n'avait plus de sens. Elle ne comprenait plus pourquoi elle agissait. L'idée d'un miracle qui la sauverait perdait de sa bizarrerie. « En un certain sens, quand je me regarde, je crois de plus en plus à la possibilité objective d'un miracle. À moins que cette chambre étouffante ne soit en train de me rendre folle. » Elle entendait un convoi de tanks passer en rugissant et sortait sur la véranda de son pavillon pour faire de grands signes aux officiers dont le torse de centaure émergeait de la tourelle. Quand ils étaient partis et que la poussière en retombant étincelait dans les rayons de la lune, elle restait immobile à se demander : « Nous sommes-nous étreints, Sam et moi, parce que nous sentions tous les deux que personne ne nous désirait ? » Cette pensée humiliante, une fois ancrée dans sa tête, la poussait de plus en plus souvent à recourir à la bouteille. Au bout d'un verre ou deux, elle était prête à se dire le pire : « Il fait l'amour comme il mettrait une lettre à la poste. »

Après cela elle jetait la note qu'elle avait écrite aux cabinets et tirait la chasse d'eau.

Comme tout le reste en ce temps-là, sa rage se contint pendant toute la période de la guerre. Elle appréciait le *New Yorker*, surtout les articles de Perelman et de Thurber[1], et leur habileté à masquer l'insolence de leur humour. N'était-ce pas merveilleux de pouvoir ainsi afficher sa personnalité et ses idées ! Soudain il lui paraissait que le pire aspect de la guerre, de la Crise qui l'avait précédée, et de l'existence qu'elle avait menée jusque-là, c'était de vous faire renoncer à tout sauf à vos qualités morales. De retour à l'intérieur du pavillon elle s'asseyait sur le matelas défoncé et pensait avec remords au pauvre Sam qui couchait au bivouac sur le sol mouillé là-bas dans la pinède. Quelle garce sans cœur je fais, se disait-elle à haute voix. Et elle s'écroulait sur l'oreiller humide... — « ce salaud d'Hitler ! » — levant l'ancre pour le pays du sommeil sur les flots de sa colère.

1. S.J. Perelman et J. Thurber : humoristes membres du club de l'Algonquin. *(N.d.T.)*

II

Plus tard, quand elle l'évoquerait, sa collision avec Lionel Mayer lui paraîtrait tristement banale, mais sur le moment elle l'avait projetée hors des sentiers battus de son existence d'alors. À cette époque, Lionel et son épouse Sylvia, une femme de gauche, une responsable du Syndicat des journalistes, étaient leurs amis depuis des années et Lionel avait été affecté à la division de Sam comme officier de presse. À l'automne, Sam, qui devait partir bivouaquer cinq jours, s'arrangea pour que Lionel emmenât dîner Janice à Lovelock pendant son absence ; il ne feignait plus de croire que la vie à proximité d'un camp militaire faisait le bonheur de sa femme. Ce rendez-vous avait un peu effrayé Janice ; Lionel, qui avait l'ambition de devenir après la guerre une vedette de cinéma, était de quatre ans plus jeune qu'elle. Il avait d'épais cheveux noirs et bouclés, des mains puissantes, un goût savoureux de la provocation et avait toujours semblé désireux d'appeler l'attention de Janice sur sa personne. Elle n'avait pu manquer d'observer combien il regardait les femmes et qu'il était toujours prêt à débiter devant elle des histoires salaces ou des plaisanteries osées. Il avait envie de coucher avec elle, avait finalement conclu Janice, même si la chose semblait difficilement conciliable avec ses principes et la timidité dont il témoignait à l'égard de sa femme — et puis Janice avait pensé à la façon dont elle se conduisait elle-même...

Jamais elle ne s'était trouvée seule avec lui dans un lieu public. Le dîner le montra sous un jour qu'elle ne connaissait pas : il lui tenait la main, et son regard insistant semblait offrir sa personne. Elle calcula le risque qu'elle courait et le jugea faible : Lionel n'avait visiblement pas plus envie de ruiner son mariage qu'elle-même le sien.

« Vos yeux sont gris, lui avait-il déclaré en manifestant une ardeur passionnée qu'elle avait estimée aussi absurde qu'inutile.

— Ils le sont tous les deux, en effet. »

Il avait éclaté de rire, apparemment soulagé de n'avoir pas à persévérer dans ses manœuvres de séduction. En sortant du restaurant, sur le chemin qui les conduisait à l'arrêt d'autobus, ils avaient vu l'enseigne de l'hôtel Rice et tous deux s'étaient regardés avec un sourire. Janice avait l'impression que tout s'affaissait en elle, comme si elle n'était plus que sable. Tant pis si on la reconnaissait au moment où elle gravirait le grand escalier d'acajou ! L'esprit engourdi, elle décida qu'elle n'essaierait pas d'arrêter la force qui l'emportait et l'arrachait à une existence morte. Lionel s'était abattu sur elle comme une énorme vague, il l'avait culbutée, l'avait entraînée, avait pulvérisé tout son passé. Elle avait oublié ces pointes de désir assoupies dans ses reins, oublié la puissance des sensations qui pouvaient submerger sa conscience. Plus tard, au pavillon, en se laissant couler à nouveau au fond de son trou, elle avait examiné son visage comblé dans la glace de la salle de bains, vu combien sa féminité était perfide, noire et déloyale, et elle s'était fait un clin d'œil enchanté. Une pensée avait traversé son esprit, à la vitesse de l'éclair : elle était de nouveau libre, comme après la mort de son père.

La nuit où Sam s'était embarqué pour l'Angleterre, elle s'était dit, en lui donnant un baiser d'adieu, qu'il n'avait jamais été aussi beau dans son uniforme, avec ses galons et son imperméable croisé. Mais, en dépit de la sainteté de la cause qui illuminait d'un si noble éclat son visage, ses yeux, son sourire viril, elle avait reconnu avec douleur qu'elle était incapable de vivre le reste de son existence avec lui. Même à son sommet, Sam ne saurait lui suffire. Elle était une salope, son imposture était totale. Sam insista pour qu'elle reste à l'appartement et ne l'accompagne pas au bateau. Son regard montrait une gravité qu'elle ne lui connaissait pas. « Je sais que je ne te conviens pas, mais... »

Sa culpabilité la frappa comme un coup de poing en plein visage. « Oh ! mais si, mais si ! » Était-ce la chose à dire alors qu'il partait peut-être vers sa mort !

« Bon, peut-être qu'on y réfléchira quand je reviendrai.

— Oh ! mon chéri... » Elle l'étreignit plus

48

fort qu'elle n'avait jamais eu envie de le faire et il l'embrassa violemment sur la bouche, comme il ne l'avait jamais fait.

Il avait de la peine à parler, bien que ce fût peut-être la dernière fois qu'ils se trouvaient ensemble. « Je ne veux pas que tu croies que je ne sais pas ce qui s'est passé. » Il avait les yeux tournés vers le mur pour éviter son regard. « Je ne nous ai pas pris assez au sérieux... je veux dire, d'une certaine manière, et je le regrette...

— Je te comprends...

— Peut-être pas tout à fait. » Il la regardait maintenant droit dans les yeux avec son sourire chaleureux et courageux. « J'imagine que je te considérais comme une camarade dans la lutte révolutionnaire, ou quelque chose d'approchant. Car j'avais une obsession, le fascisme, elle absorbait toutes mes pensées. » Non, mon chéri, c'est la peur du sexe qui est à l'origine de tout. « Mais maintenant l'Amérique s'est dressée tout entière, nous ne sommes plus seuls, et Hitler n'en a plus pour longtemps. Donc si je reviens, je veux que nous recommencions à zéro notre vie de couple. Je veux dire que j'ai l'intention de t'écouter. » Il souriait, en rougissant. Janice était consternée de sa propre réaction. Elle savait que leur situation était sans espoir. Il était adorable, elle avait de l'affection pour lui, mais rien ne pourrait empêcher Sam d'assister à des réunions jusqu'à la fin de ses jours et Janice ne supportait plus l'idée de vivre vertueusement : il lui fallait s'épanouir.

Elle avait attiré sa tête et déposé un baiser sur son front, comme une bénédiction. Nous sommes dans l'ombre de la mort, s'était-elle dit, et nous nous séparons dans l'amour. Sam avait desserré les doigts et laissé tomber la main de Janice ; il avait ouvert la porte, s'était retourné pour la regarder une dernière fois. C'était romantique ! Elle était restée dans le cadre de la porte et ne l'avait pas quitté des yeux pendant qu'il attendait l'ascenseur dans le couloir. Quand la porte de la cabine s'était ouverte, elle avait levé la main et agité les doigts, avec un sourire ironique. « Je suis fière de toi, mon soldat ! » Il lui avait envoyé un baiser et s'était reculé dans l'ascenseur. Allait-il mourir ? Elle s'était jetée sur leur lit, les yeux secs. Quelle femme était-elle donc, s'était-elle demandé, le cœur gonflé d'amour pour cet homme si noble.

Son absence durerait un an, deux ans ? Personne n'en savait rien. Elle s'inscrivit à Hunter, pour poursuivre ses études d'histoire de l'art. L'idéal. Son vertueux mari était parti à la guerre pour défendre la plus noble des causes, elle, elle vivait à New York, et non dans un camp militaire perdu Dieu sait où, et suivait les leçons du professeur Oscar Kalkofsky.

La guerre ne relâchait pas sa prise implacable sur le temps. La plupart des décisions se trouvaient gelées tant qu'elle durerait. On ne pouvait rien engager à long terme avant le retour de la paix — dans cinq ou six ans, disait-on maintenant. C'était une frustration, mais en compensation on avait une excuse toute prête pour ne rien faire ou remettre les choses à plus tard — par exemple la décision de placer Sam Fink devant un divorce alors qu'il se battait là-bas en Allemagne et risquait d'être envoyé dans le Pacifique pour participer à l'assaut final contre le Japon.

Et soudain la Bombe avait tout réglé et l'on renvoyait les hommes dans leurs foyers. Où donc allait-elle trouver la force de dire à Sam qu'elle ne pouvait plus vivre avec lui ? Il lui fallait dénicher du travail, se créer une position indépendante pour pouvoir engager le dialogue avec lui. Elle passait son temps à se promener dans Manhattan, tendue, entre la colère et la peur, à essayer d'imaginer une carrière possible. Finalement un jour elle était allée voir le professeur Kalkofsky : elle ne voulait pas lui parler de l'art, mais d'elle-même.

Quelques mois plus tôt, fatiguée de marcher, elle s'était arrêtée à la grande librairie Argosy, au bas de la 5e Avenue, pour se reposer et chercher quelque chose de nouveau à lire. Elle parlait à Peter Berger, le fils du propriétaire, qui était le patron immédiat de Sam, quand le professeur était entré. Immédiatement son sourire tranquille d'homme qui ne se prenait pas au sérieux et son fatalisme ironique l'avaient attirée. Et puis il affectait une lassitude où l'intention de flirter était si évidente que Janice s'en amusa. Le regard du professeur revenait sans cesse à ses mollets, qui étaient son point fort.

Ainsi donc elle s'était retrouvée, un certain après-midi, dans son bureau. Le bon géant à la chevelure platinée était assis posément, à la façon d'un universitaire européen, ses deux énormes chaussures reposant sur le sol, sa pipe fumante dans une main à laquelle manquaient deux doigts, arrachés par un tortionnaire nazi, qui lui parlaient d'une réalité dont elle ne connaissait que la version américaine, aseptisée par la traversée de l'océan Atlantique. Elle le sentait : elle l'attirait, mais il n'envisageait pas d'avoir avec elle des rapports durables. Les yeux spirituels, la bouche qui ne souriait pas, une sorte d'intransigeante et muette revendication de sa personne, son élocution tranquille ce jour-là — tout constituait une prise en charge solennelle de son corps. Malgré sa masse et ses manières, il avait quelque chose de féminin, se disait-elle, peut-être parce que, à la différence de la plupart des hommes, la peur du sexe lui était manifestement étrangère.

« Ce n'est pas très compliqué, madame Fink... » Elle aimait qu'il ne l'eût pas appelée déjà par son prénom et espérait, s'ils faisaient l'amour, que Kalkofsky continuerait à dire « madame Fink » quand ils seraient au lit. « Après une guerre comme celle-ci, il sera nécessaire de combiner deux aspirations contradictoires. En premier lieu, comment donner du prestige, comme vous dites, aux modalités de coopération dans une nouvelle société ; ensuite comment incorporer l'éthique du plaisir qui, inévitablement, doit balayer le monde après tant de privations. Ce qui veut dire la chose suivante : prendre ce que l'on vous offre, le demander si on ne vous l'offre pas, et ne rien regretter. Cette question du regret est l'élément principal ; une fois que vous acceptez l'idée que vous avez choisi d'être comme vous êtes, le regret, si incroyable que cela semble, devient impossible. Nous avons été les esclaves de cette guerre et du fascisme. Si le communisme est introduit en Pologne et ailleurs en Europe, il ne pourra pas durer longtemps dans des pays où il y a eu la Renaissance. Donc maintenant nous sommes libres, l'esclavage est terminé ou le sera bientôt. Nous allons devoir apprendre à nous choisir et ainsi à devenir libres. »

Janice connaissait la philosophie existentialiste, mais elle était cuirassée par la décennie de puritanisme marxiste qui avait suivi l'époque déshonorante qu'avait connue son père, l'âge du jazz, et cette philosophie ne la séduisait pas. La fascination que Kalkofsky exerçait sur elle avait une autre origine : quand ils parlaient, les Européens aimaient faire surgir les thèmes unificateurs plutôt que de se fixer sur des événements singuliers. Cela lui plaisait et elle s'imaginait qu'elle pourrait y parvenir, elle aussi, si elle arrivait à dégager les idées générales avec une précision suffisante — mais elle n'y réussissait jamais. Comme si elle le connaissait depuis longtemps — en un sens ce n'était pas faux — Janice se mit à lui raconter sa vie. « Je me rends compte que je n'ai rien d'une beauté... » Il ne l'interrompit pas pour la rassurer par un compliment factice, ce qui voulait dire qu'il l'acceptait comme elle était. Janice tressaillit : de soudaines possibilités lui apparaissaient. « Mais je... J'ai oublié ce que je voulais dire. » Elle se mit à rire, elle avait comme un éblouissement et ne pouvait plus cacher son désir, au-delà de toute parole, de voir se produire quelque chose entre eux.

« Je crois que ce que vous voulez dire, c'est que vous avez l'impression de n'avoir jamais fait un choix dans votre vie. »

Bien sûr ! Comment avait-il pu le deviner ? Elle allait à la dérive, elle n'avait pas de but... Elle passa la main sur ses cheveux à l'idée soudaine qu'ils devaient être en bataille.

Kalkofsky dit : « Je m'en rends compte, parce que je vois quelle attente il y a en vous. » Oui, c'était bien cela. « N'importe quelle souffrance est tolérable à condition qu'on l'ait choisie. J'étais à Londres quand les Allemands ont attaqué la Pologne. J'ai compris que je devais rentrer, mais je savais aussi le danger que je courais. Quand l'homme m'a brisé les doigts, j'ai perçu ce qui faisait la force de l'Église — les hommes qui l'ont bâtie avaient choisi de souffrir pour elle. J'avais aussi choisi ma souffrance et c'est cette dimension du choix qui lui donnait un sens. Elle n'était pas perdue, n'était pas un pur néant. »

À ce moment-là il s'était penché par-dessus le bras de son fauteuil, avait saisi sa main, l'avait attirée vers lui et l'avait pensivement embrassée sur les lèvres en fermant les yeux, comme si, pour lui et ses souffrances délibérément choisies d'Européen, Janice représentait un symbole. Elle avait aussitôt su à quoi tenait cette douleur qu'elle ressentait depuis des années — au fait qu'elle n'avait jamais vraiment choisi Sam. Il était simplement entré dans sa vie parce que — oui, c'était cela —, parce qu'elle ne s'était jamais considérée comme une femme de qualité qui choisissait de se donner. Kalkofsky glissa sa main sous ses vêtements et le cynisme même dont témoignait sa froideur expérimentée lui plut par son effronterie délibérée.

Elle abaissa son regard : il s'était agenouillé et avait enfoui son visage entre ses cuisses. « J'aime bien savoir ce qui se passe, pas vous ? » lui dit-elle en riant.

Le visage de Kalkofsky était large, très pâle, avec une ossature épaisse et puissante. Il le releva pour la regarder et, faisant une grimace, déclara : « C'est le début de l'après-guerre. » Une grimace seulement, il n'alla pas jusqu'au rire.

III

Après le retour de Sam en septembre de longs mois de culpabilité s'écoulèrent, avant que Janice ose lui dire qu'elle ne supportait plus de vivre avec lui. Ce fut accidentel.

Il était difficile d'aborder le sujet, car Sam se comportait une fois de plus comme s'ils n'avaient jamais eu de problème. Et ce qui n'arrangeait rien, c'est que, quelque part au fond de lui, il s'attribuait dans une large mesure le mérite de la destruction du fascisme. La nouvelle puissance de la Russie d'après-guerre et l'extinction du fascisme démontraient la justesse de son prophétisme marxiste et autorisaient Sam à se considérer comme un agent actif de l'histoire, avec tous ses titres de noblesse. D'où une nuance nouvelle d'arrogance dans son attitude. Cette disposition morale, qu'elle aurait souhaité lui voir précédemment, l'irritait maintenant qu'il y avait divorce entre leurs esprits. Mais ce qui provoqua la réaction de Janice, ce fut le fait qu'un soir Sam laissa entendre qu'il avait pris de force une fermière allemande qui lui avait offert l'hospitalité une nuit d'orage.

Fascinée, elle avait souri. « Raconte-moi ça. Elle était mariée ?

— Naturellement. Le mari était parti. Elle croyait qu'il était prisonnier ou bien mort à Stalingrad.

— Quel âge avait-elle, jeune ?

— Trente, trente-deux ans.

— Jolie ?

— Bah ! Plutôt lourde. » À son rire brusque, elle comprit qu'il avait probablement décidé de ne plus prendre de gants avec elle. Depuis son retour il lui faisait l'amour avec une autorité marquée, mais autant d'incompétence qu'avant. Il savait mieux manier le corps de Janice, mais on aurait dit qu'il n'y avait pas de place dans son esprit pour ce qu'elle ressentait.

« Et qu'est-ce qui s'est passé ? Raconte-moi.

— Oui... la Bavière... On était coincés dans un hôtel de ville à moitié détruit par les bombardements ; le vent soufflait par les fenêtres et j'avais un rhume carabiné. À l'entrée de la ville j'avais repéré une maison en contrebas de la route, elle avait l'air étanche et de la fumée sortait par la cheminée. Je décidai d'aller là. La femme me donna de la soupe. Elle était trop stupide pour avoir fait disparaître le drapeau nazi accroché au-dessus de la photo de son mari. Il était tard et je... » Sam prit un air malin, étira les jambes et se croisa les mains derrière la tête. « Tu veux vraiment entendre cette histoire ?

— Allons, chéri, tu meurs d'envie de la raconter.

— D'accord. Je lui dis que je voulais passer la nuit chez elle et elle me conduisit dans une petite pièce froide à côté de la cuisine. Alors je lui dis : "Écoute, sale garce nazie, j'ai l'intention de dormir dans le meilleur lit de la maison..." »

Janice eut un rire excité. « C'est merveilleux. Et qu'est-ce qu'elle a fait ?

— Elle m'a laissé disposer de sa personne et de la chambre à coucher de son mari. » Sam s'arrêta court.

Il y avait une lacune à combler, Janice eut un grand sourire. « Et alors ? Comment ça s'est passé ? » Sam rougissait, mais avec orgueil. « Elle avait du tempérament ou quoi ? Allez ! Elle t'a sauté dessus ?

— Pas du tout. C'était une vraie nazie.

— Tu veux dire que tu l'as violée ?

— Je ne sais pas si tu appellerais cela un viol », dit Sam, en espérant visiblement qu'elle le ferait.

« Mais elle voulait bien ou pas ?

— Où est la différence ? Ça n'a pas été si mal que ça.

— Combien de temps es-tu resté avec elle ?

— Deux nuits seulement, jusqu'à notre départ.

— Elle était devenue antinazie entre-temps ?

— Je n'ai pas posé la question. »

L'orgueil dont Sam débordait la remplissait d'étonnement et de soulagement en même temps.

« Et avait-elle des tresses blondes et la robe de là-bas, le dirndl ?

— Pas de dirndl.

— Mais des tresses blondes ?

— Elle avait, en effet, des tresses.

— Et de gros seins ?

— Tu sais, en Bavière... » dit Sam. Cela lui avait échappé. Tous les deux éclatèrent de rire. Janice vint jusqu'au fauteuil de Sam, se pencha sur lui et l'embrassa sur sa tonsure. Il leva les yeux vers elle avec tendresse. Il était fier de lui.

« Je vais te quitter, Sam », dit Janice, dont la voix était encore enjouée. Soudain elle sentait qu'il n'avait plus besoin de son soutien. Il se tirerait très bien d'affaire.

Le premier moment d'incrédulité, de surprise et de colère passé, Janice dit à Sam : « Tu verras, chéri, tout ira bien. » Elle prépara un martini et s'installa sur le canapé. Elle avait replié les jambes sous elle et paraissait prête à une agréable conversation.

« Mais où iras-tu ? » Vraiment, on aurait cru qu'avec un visage comme le sien Janice ne pouvait espérer d'autre port d'attache que Sam.

Le pire dans cette insulte, c'est qu'il n'en avait pas conscience. Janice éprouva aussitôt un accès de rage à la pensée de tout le temps qu'elle avait perdu avec lui. Quand on la blessait, Janice réagissait à sa manière : elle poussait un petit rire, rentrait le menton, regardait l'adversaire en levant les sourcils, puis elle dévidait méthodiquement, comme si elle tirait sur une bobine, le fil de remarques ironiques. « Eh bien ! maintenant que tu en parles, je te dirai que la question de savoir où j'irai n'a guère d'importance, étant donné que, tout bien considéré, je ne suis actuellement nulle part. » Elle fit une pause. « N'est-ce pas vrai, Sam ? »

IV

L'hôtel Crosby, sur la 71e Rue, à la hauteur de Broadway, avec sa décoration fatiguée dans le style parisien, était encore assez convenable à la fin de la guerre. Et puis c'était merveilleux d'habiter une chambre où elle n'avait rien à elle ! Quelle belle chose de n'avoir pas de projets et d'être de nouveau libre ! Cela lui rappelait un peu l'hôtel Voltaire sur le Quai en 39, avec son père dans la chambre voisine qui frappait à la cloison pour la réveiller avant le petit déjeuner. Elle eut le courage d'appeler Lionel Mayer — « Je me demandais si tu avais besoin qu'on te tape un texte » — et elle plaisanta au téléphone avec lui comme une adolescente ; elle lui faisait des avances et se rétractait dès qu'il insistait. À l'évidence, sans guerre pour diriger sa vie, il était aussi perdu qu'elle, un pauvre jeune homme profondément malheureux qui posait au père de famille. Très vite il se trouva debout à côté d'elle, pressant contre sa tête sa braguette, tandis qu'assise elle tapait l'article qu'il avait écrit pour la revue *Collier's* sur son expérience aux Philippines. Elle n'avait plus d'illusions, ou le peu qu'il était inévitable qu'elle eût pendant qu'il la possédait, mais quand elle était seule elle souffrait du vide de son existence, elle avait peur pour elle-même : elle n'avait personne dans sa vie et avait passé le cap de la trentaine.

Herman un après-midi vint voir comment elle vivait. Il avait perdu du poids. « Fini les trains, je prends l'avion maintenant. J'achète à Chicago. On peut rafler la moitié de la ville pour trois fois rien. » Il s'était assis et regardait, désapprobateur, la vue sur Broadway. « C'est un taudis. Sœurette, tu t'es déniché un taudis pour t'y gâcher l'existence. Qu'est ce qui n'allait pas avec Sam ? Trop intellectuel ? Je croyais que tu aimais les intellectuels. Pourquoi ne viens-tu pas avec moi ? Nous créerions une compagnie. Partout dans les villes il y a des affaires formidables. En versant dix à quinze pour cent du prix d'un immeuble, nous devenons propriétaires, nous prenons une hypothèque pour le retaper, et nous augmentons le loyer à notre guise. Nous faisons un bénéfice de cinquante pour cent par rapport à notre mise.

— Qu'arrive-t-il aux gens qui habitent ces immeubles ?

— Ils paient un loyer raisonnable ou s'en vont ailleurs. C'est ça, l'économie. L'État-providence, c'est fini. Ça va être le grand boom, comme en 1920. Saute dans le train et fiche le camp de ce trou. » Herman avait maintenant des lunettes, quand il n'oubliait pas de les porter. Il les mit pour lui montrer. « Je vais avoir trente-six ans, ma petite, mais je me sens en grande forme. Et toi ?

— Je crois bien que je me sens heureuse, même si ce n'est pas encore la grande forme. Mais tu n'auras pas mon argent pour jeter des gens à la rue. Je regrette, mon chou. » Elle voulut changer de bas. Elle portait encore des bas de soie, car elle n'aimait pas le nylon qui collait à la peau. Elle essaya d'ouvrir un tiroir de la vieille commode. La poignée lui resta dans la main.

« Comment peux-tu vivre dans ce taudis où tout tombe en morceaux ?

— J'aime que tout tombe en morceaux. Cela sera plus facile pour moi quand ça m'arrivera à mon tour.

— À propos, tu n'as jamais retrouvé les cendres ?

— Pourquoi en parles-tu aujourd'hui ?

— Je ne sais pas. Je viens d'y penser parce c'était son anniversaire en août dernier. » Herman se gratta la jambe et regarda par la fenêtre. « Il t'aurait donné le même conseil que moi. Les gens qui ont de la tête seront millionnaires d'ici cinq ans. L'immobilier est sous-évalué à New York et des milliers de personnes sont en quête d'appartements décents. J'ai besoin de quelqu'un en qui je puisse avoir confiance. D'ailleurs, que fais-tu de tes journées ? Je parle sérieusement, Janice, tu as une tête bizarre. On a l'impression que tu ne peux plus te concentrer. Je me trompe ? »

Elle remontait un bas le long de sa jambe, en faisant bien attention que la couture reste droite. « Je ne veux pas concentrer mon esprit, je veux l'ouvrir à tout ce qui m'entoure. Est-ce que cela te paraît étrange ou déshonorant ? J'essaie de savoir ce que je dois faire pour vivre comme une personne. Je lis des livres, je lis des romans philosophiques comme ceux de Camus et Sartre, je lis des poètes morts comme Emily Dickinson ou Edna St. Vincent Millay et puis...

— Je n'ai pas l'impression que tu aies des amis. Je me trompe ?

— Pourquoi ? Les amis laissent des traces sur nous ? Peut-être ne suis-je pas mûre pour avoir des amis ? Peut-être ne suis-je pas encore vraiment née ? Les hindous ont cette croyance, tu sais — ils pensent que nous naissons et renaissons tout au long de notre vie, ou quelque chose de ce genre. La vie est dure pour moi, Herman. »

Les larmes lui étaient montées aux yeux. Ce personnage ridicule était son frère, la dernière personne au monde à qui elle aurait songé à faire ses confidences, et pourtant il était, de tous les gens qu'elle avait connus, celui en qui elle avait le plus confiance, si grotesque et ventripotent qu'il fût. Elle était assise sur son lit et le voyait dans la lumière oblique grise qui filtrait par la vitre sale. Une silhouette vague de jeune homme plein de projets et débordant d'une allègre convoitise.

« J'aime cette ville, dit-elle, sans savoir où elle voulait en venir. Je sais qu'on peut y être heureux, mais je ne sais pas encore comment. J'espère un jour trouver. » Elle alla vers l'autre fenêtre, tira le rideau de dentelle poussiéreuse et regarda Broadway à ses pieds. Elle pouvait respirer l'odeur de suie qui venait de la fenêtre. Une pluie fine avait commencé de tomber.

« Je vais acheter une nouvelle Cadillac.

— Elles ne sont pas gigantesques ? Comment peux-tu conduire ça ?

— C'est de la soie. Tu te sens flotter. Elles sont fabuleuses. Nous voulons essayer encore une fois d'avoir un enfant. Je ne veux pas d'une voiture qui secoue le ventre de ma femme.

— Es-tu vraiment aussi sûr de toi que tu le parais ?

— Absolument. Viens avec moi.

— Je ne crois pas que j'aie envie d'être aussi riche.

— Je vois que tu es restée communisante.

— En un sens, oui. Il y a quelque chose de pas bien, à vivre pour l'argent. Je ne veux pas commencer.

— Au moins débarrasse-toi des bons du

74

Trésor et achète des actions. Tu perds de l'argent à chaque minute qui passe.

— Oui ? Comme je ne m'en rends pas compte, je m'en fiche. »

Herman se remit debout, boutonna son veston bleu, rajusta sa cravate et reprit le manteau qu'il avait laissé sur le dossier d'une chaise. « Jamais je ne te comprendrai, Janice.

— Nous sommes deux, Herman.

— Que vas-tu donc faire du reste de ta journée ? Seulement à titre d'exemple.

— D'exemple de quoi ?

— De ce que tu fais de tes journées.

— On donne de vieux films dans la 72ᵉ Rue. J'irai peut-être là. On passe un Garbo, je crois.

— Un après-midi de semaine...

— J'adore aller au cinéma quand il y a une petite pluie dehors.

— Tu ne veux pas venir dîner chez moi ?

— Non, mon chou. Cela pourrait secouer le ventre de ta femme. » Janice rit et embrassa vite son frère pour lui faire oublier ce que pouvait avoir de mordant sa remarque, à laquelle elle était aussi peu préparée que lui. La vérité est qu'elle ne désirait pas d'enfants. Jamais.

« Qu'est-ce que tu attends de la vie ? Tu sais ?

— Bien sûr, je sais.

— Quoi ?

— Du bon temps. »

Herman secoua la tête, déconcerté. « Ne fais pas de bêtises », dit-il en partant.

V

Elle adorait Garbo, adorait tous ses rôles et pouvait assister deux fois de suite aux plus insipides de ses films : elle renonçait à toute critique. Elle aimait s'embarquer totalement dans ces histoires d'un artifice mélodramatique grinçant, où l'on voyait des baignoires ridicules en forme de cygne, des robinets à tête d'aigle, des portes, des fenêtres et des tentures d'un baroque échevelé. Aujourd'hui leur mauvais goût flamboyant la mettait dans un état proche de l'hystérie, au point de lui faire oublier toute son éducation et de la faire réagir comme la masse de ses compatriotes. Elle avait envie de monter sur le toit et de crier son bonheur aux étoiles quand l'actrice sortait d'une majestueuse Rolls blanche sans jamais prendre son talon dans sa longue robe transparente. Ses poses langoureuses sur des *chaises longues*[1], l'infinie lassitude de l'existence que trahissaient ses joutes ennuyées avec ses partenaires mâles, et la permission enfin accordée à ses paupières de porcelaine de s'abaisser avec volupté pour recevoir de Barrymore un baiser longtemps différé — tout cela entraînait Janice à des années-lumière de la morne platitude du monde. Et bien sûr les pommettes de Garbo, l'éclat fabuleux de sa peau blanche si parfaite, les plans que l'intérêt sculptait sur son visage, étaient des preuves de la gloire de Dieu plus convaincantes que la cathédrale de Reims. Janice pouvait passer une heure couchée sur son lit d'hôtel, en regardant le plafond sans remuer un cil, à se représenter le visage de Garbo. Elle pouvait ensuite se mettre debout devant sa coiffeuse, dont le miroir lui offrait alors une image d'elle qui s'interrompait au niveau du cou, et trouver que son corps avait une vitalité pleine d'allant, surtout si elle se regardait de trois quarts, ce qui faisait valoir ses cuisses — qu'elle avait belles.

1. En français dans le texte.

VI

Un après-midi la porte grinçante de l'ascenseur s'ouvrit, et Janice vit devant elle un bel homme dans la quarantaine — ou peut-être juste la cinquantaine — qui tenait d'une main une canne et de l'autre un porte-documents. Il entra dans la cabine d'une démarche bizarre, très raide ; Janice ne se rendit compte qu'il était aveugle qu'au moment où il s'arrêta à quelques centimètres d'elle et se tourna pour faire face à la porte en levant les pieds au lieu de simplement pivoter. Elle vit qu'il s'était coupé le menton en se rasant.

« Nous descendons, n'est-ce pas ?

— Oui, nous descendons. » Janice sentit quelque chose bondir dans sa poitrine. Une échappée de liberté, un sentiment de libération, lorsque, un bref moment, le regard aveugle se posa sur elle.

Dans l'entrée de l'hôtel, au sol dallé, l'homme se dirigea sans hésiter vers la porte vitrée qui donnait sur la rue. Elle ne le lâcha pas et poussa le battant pour lui. « Puis-je vous aider ?

— Oui, merci beaucoup. »

Il s'avança sur le trottoir et tourna immédiatement à droite en direction de Broadway. Elle vint à sa hauteur. « Allez-vous vers le métro ? Je veux dire que c'est ma direction, au cas où vous voudriez bien de moi pour vous accompagner.

— J'en serais enchanté. Merci. Mais je suis capable de m'en tirer tout seul.

— Puisque je vais par là, moi aussi. »

Elle marcha à côté de l'homme, dont l'allure était surprenante. Que de vie dans ses paupières papillotantes ! Il lui semblait marcher avec un homme qui y voyait, mais elle ressentait en même temps une impression de liberté qui lui faisait venir aux yeux des larmes de soulagement et de gratitude. Ce qu'elle éprouvait donna involontairement à sa voix les inflexions joyeuses d'une innocente jeune fille.

La voix de l'homme était sèche et mono-

corde — on aurait dit qu'il en usait peu.
« Vivez-vous depuis longtemps dans l'hôtel ?

— Depuis mars. Depuis mon divorce, ajouta-t-elle sans hésitation. Et vous ?

— Moi ? Je suis ici depuis cinq ans déjà. Les murs des chambres au douzième étage sont quasiment insonorisés.

— Vous jouez d'un instrument ?

— Du piano. Je suis chez Decca, dans leur département de musique classique, et je dois écouter chez moi beaucoup d'enregistrements.

— C'est très intéressant. » Janice percevait le plaisir qu'éprouvait l'homme à cette conversation détendue. Tandis qu'ils marchaient, elle devinait sa gratitude. Ce devait être un solitaire. Les gens l'évitaient probablement ou n'avaient avec lui que des rapports formels. Elle se félicita brièvement d'avoir suivi son instinct, elle ne s'était jamais sentie aussi sûre d'elle, ni aussi libre.

En haut des marches du métro elle prit son bras avec autant de délicatesse que s'il avait été un oiseau qu'elle risquait d'effrayer. Il n'opposa aucune résistance et, arrivé au guichet, insista pour payer la

85

place de Janice avec la poignée de pièces qu'il tenait toute préparée. Elle n'avait pas la moindre idée de la destination de l'homme et ne savait pas où elle pourrait faire semblant d'aller elle-même.

« Comment savez-vous où vous devez descendre ?

— Je compte les arrêts.

— Bien sûr. Je suis stupide.

— Je vais à la 57e Rue.

— C'est aussi là que je vais.

— Vous travaillez dans le coin ?

— À vrai dire, pour le moment, j'essaie de m'installer. Mais je cherche un travail.

— Vous ne devriez pas avoir de problème, vous paraissez très jeune.

— Pour être franche, je n'allais nulle part, je voulais seulement vous aider.

— Vraiment ?

— Oui.

— Quel est votre nom ?

— Janice Sessions. Et le vôtre ?

— Charles Buckman. »

Janice voulait lui demander s'il était marié, mais il était évident qu'il ne pouvait pas, ne devait pas l'être. On sentait qu'il était parfaitement organisé et ne dépendait de rien ni de personne.

Dans la rue, il s'arrêta au coin du trottoir. « Je vais au club de gymnastique sur la 59e Rue.

— Puis-je vous y accompagner ?

— Naturellement. Je fais là des exercices pendant une heure avant d'aller à mon bureau.

— Vous avez l'air en excellente forme.

— Vous devriez faire comme moi. Bien que je vous trouve en forme, vous aussi.

— Comment le savez-vous ?

— À la façon dont vous posez vos pieds en marchant.

— Pas possible !

— Mais si, c'est très révélateur. Donnez-moi votre main. »

Elle plaça aussitôt sa main gauche dans la droite de l'homme. Il appuya sur sa paume avec son index et les deux doigts médians, puis lâcha la main de Janice. « Vous vous portez très bien, mais ce serait une bonne idée de nager. Vous manquez un peu de souffle. »

Saisie par l'ampleur de cette connaissance mystérieuse qu'il semblait avoir de sa personne, Janice était aux anges. « Peut-être vais-je le faire. » Elle détestait l'exercice physique, mais se promit de s'y mettre le plus tôt possible. Sous la marquise du club, il s'arrêta, lui fit face, et pour la première fois Janice put regarder plus d'une seconde les yeux bruns derrière les paupières clignotantes. Elle crut qu'elle allait suffoquer de gratitude et de surprise, car il lui souriait légèrement, comme s'il était content qu'on pût le voir la regarder avec tant d'intimité en ce lieu très public. Janice eut le sentiment qu'elle ne s'était jamais tenue aussi droite de sa vie.

« Je suis au 1214, si vous voulez monter boire un verre.

— J'en serais ravie. » Janice ne put s'empêcher de rire d'avoir accepté si vite. « Je dois vous dire — elle était à la fois confuse et terrifiée par les paroles qui sortaient de sa bouche, mais résolue à ne pas se dérober devant l'exigence qui s'affirmait en elle avec une violence explosive —, vous m'avez rendue incroyablement heureuse.

— Heureuse ? Pourquoi ? »

Il commençait à rougir. Janice voyait avec stupéfaction la confusion se répandre sur son visage presque impassible.

« Je ne sais pas pourquoi. C'est comme ça. J'ai l'impression que vous me connaissez mieux que personne. Je suis navrée d'avoir l'air aussi idiote.

— Pas du tout. S'il vous plaît, venez absolument ce soir.

— Oh ! oui. »

Elle savait que si elle se dressait sur la pointe des pieds et l'embrassait sur les lèvres, il n'aurait rien contre, parce qu'elle était belle. Ou parce que sa main l'était.

« Vous pouvez éteindre la lumière, si vous voulez.

— Je crois que je préfère la laisser allumée. »

Il retira son caleçon, avança la jambe pour trouver le lit et s'étendit à côté de Janice, tandis qu'elle contemplait son visage sans regard. Les mains de Charles découvrirent son corps heureux, épanoui. Le toucher à l'état pur, la vérité à l'état pur, au-delà des mots : comme une eau que le gel ne fige plus, Janice, toute la personne de Janice, se mouvait, coulait sous les doigts de Charles. Elle s'était libérée de sa vie entière. Elle l'embrassa avec violence et tendresse, pria pour qu'un dieu quelque part la préservât de commettre une erreur avec lui, et plaça les mains de l'homme là où elle les voulait. Elle le dirigeait et se soumettait en même temps à ses plus légers mouvements.

Il y eut une pause, pendant laquelle les doigts de Charles se promenèrent sur son visage. Elle retint son souffle et l'entendit qui retenait aussi le sien quand il effleura la courbe de son nez, son interminable lèvre supérieure et son front, exerça une légère pression sur ses pommettes. Il découvrait, à coup sûr, qu'elles manquaient de distinction et s'enfouissaient dans un visage arrondi à la peau tendue.

« Je ne suis pas belle. » C'était une question plutôt qu'une affirmation.

« Vous l'êtes, là où cela compte pour moi.

— Pouvez-vous m'imaginer ?

— Tout à fait.

— Et ce que vous voyez vous plaît ?

— Comment voulez-vous que cela fasse la moindre différence pour moi ? »

Il se trouvait de nouveau sur elle, sa bouche sur la sienne. Ses lèvres se déplacèrent, comme si elles lisaient son visage. À nouveau, son plaisir se répandit en elle.

« Je vais mourir ici, mon cœur va cesser

de battre à l'instant parce que je ne veux rien de plus que ceci et c'est trop pour moi.

— J'aime votre zézaiement.

— C'est vrai ? Vous ne le trouvez pas enfantin ?

— Si, c'est pour cela qu'il me plaît. De quelle couleur sont vos cheveux ?

— Pouvez-vous vous représenter les couleurs ?

— Je crois que je peux imaginer le noir. Sont-ils noirs ?

— Non, ils sont châtains, un châtain légèrement roux, et très raides. Ils me tombent presque jusqu'aux épaules. J'ai une grande tête, une bouche plutôt grande et je suis légèrement prognathe. Mais j'ai une jolie démarche, certains vous diront même qu'elle est belle. J'aime marcher d'une façon provocante.

— Vos fesses sont admirablement moulées.

— C'est vrai, j'aurais dû en parler.

— Les tenir m'a fait frissonner de joie.

— J'en suis heureuse. » Janice reprit : « Oui, je n'en reviens pas de mon bonheur.

— Et moi, comment me voyez-vous ?

— Je vous vois comme un très bel homme. Vous avez une peau assez sombre, des cheveux bruns avec une raie sur le côté gauche, et un menton énergique bien modelé. Votre visage est plutôt rectangulaire, avec quelque chose de rassurant et tranquille. Vous avez à peu près une dizaine de centimètres de plus que moi, et votre corps est mince sans être maigre. Je vous trouve sensationnel. »

Il eut un petit rire. Elle saisit son pénis. « Et ceci, c'est la perfection. » Il rit et l'effleura d'un baiser. Puis s'endormit doucement. Elle resta près de lui sans oser bouger — pour ne pas le réveiller et le ramener à la vie dangereuse.

À la fin des années soixante-dix, Janice, qui vivait au Village, lut dans les journaux que l'on démolissait l'hôtel Crosby, pour construire un immeuble résidentiel. Elle travaillait à titre bénévole dans une organisation de défense des droits de l'homme qui enquêtait sur leurs violations aussi bien à l'Est qu'à l'Ouest. Elle décida de prendre une heure de liberté après son déjeuner et d'aller jeter un dernier regard sur le vieil hôtel avant sa disparition. Elle avait maintenant dépassé la soixantaine et Charles était mort dans son sommeil depuis un peu plus d'un an. En sortant du métro elle s'engagea dans la rue latérale et vit que le dernier étage, le douzième, n'était déjà plus là. Elle s'adossa à un immeuble un peu plus haut dans la rue et regarda les ouvriers disjoindre avec une étonnante aisance les murs de brique en pesant sur des leviers. Ainsi donc la gravité suffisait pour faire tenir debout un immeuble ! Janice pouvait voir l'intérieur des chambres et les différentes couleurs dont les gens s'étaient servis pour peindre les cloisons. Quel soin ils avaient pris pour choisir la nuance appropriée ! Chaque fois qu'un fragment de la maçonnerie s'effondrait, des flots de poussière s'élançaient en l'air. Chaque génération emporte avec elle un morceau de la ville, comme les fourmis traînant des brindilles. Bientôt les ouvriers s'attaqueraient à son ancienne chambre. Elle se sentit envahir par un sentiment de stupeur et d'inanité. Mais, sur soixante et une années d'existence, elle en avait quand même eu une vingtaine de bonnes. Ce n'était pas si mal.

Elle songea aux concerts et aux récitals par douzaines, aux dîners au restaurant, à la profondeur de l'amour de Charles, à sa confiance totale en elle. Elle était devenue ses yeux et, d'une certaine manière, il l'avait complètement transformée : avec lui elle avait tourné son regard vers le monde au lieu d'être celle qui n'osait pas respirer à l'idée que le monde la regardait et la critiquait. Janice se rapprocha de la porte d'entrée et resta debout sur le trottoir d'en face, respirant l'odeur obsédante de terre glacée des bâtiments qui meurent, et s'efforçant de revivre la première fois où elle était sortie de l'hôtel avec lui et l'avait accompagné au métro, le dernier jour de sa vie de femme sans foyer. Le nouveau parfum qu'elle venait de s'acheter flottait dans l'air chargé de poussière et elle l'aimait.

Elle repartit dans la direction de Broadway, passa à côté des éventaires de fruitiers, et des débris divers jonchant les trottoirs, morceaux de pizzas abandonnés par les gens qui mangeaient dans la rue, pelures ou trognons de fruits, une botte égarée, un lacet pourri ; elle dépassa une femme assise en train de se coiffer, des enfants noirs vociférant autour d'un ballon de basket — un univers de causes et de projets qu'elle avait connu, mais ne trouvait plus la force de rappeler d'un passé en voie de disparition rapide. Et ici, bras dessus bras dessous, elle avec Charles imperturbable au milieu de cette animation, son chapeau enfoncé sur la tête, son foulard rouge noué autour du cou ; tout en marchant, il sifflotait doucement, mais avec quelle énergie, le motif principal, si fort, d'*Harold en Italie*. Ô Mort ! Mort ! dit-elle presque à haute voix. Elle s'était arrêtée au croisement et attendait que le feu passe au vert. Quelle chance elle avait eue dans la vie ! Elle avait connu la beauté.

Du même auteur

aux Editions Grasset :
AU FIL DU TEMPS, *Une vie,* 1988.

IMPRIMÉ EN FRANCE PAR BRODARD ET TAUPIN
Usine de La Flèche (Sarthe).
LIBRAIRIE GÉNÉRALE FRANÇAISE - 43, quai de Grenelle - 75015 Paris.
ISBN : 2 - 253 - 14552 - 1

◈ 31/4552/1